MEUBLES ET SIÈGES

ANCIENS

ESTAMPES

DE L'ÉCOLE FRANÇAISE DU XVIIIᵉ SIÈCLE

APPARTENANT A

M. Jean Périer, de l'Opéra-Comique

EXEMPLAIRE DE H. STETTNER

PARIS — AVRIL 1912

CATALOGUE

Meubles et Sièges Anciens

PRINCIPALEMENT

DES ÉPOQUES LOUIS XV ET LOUIS XVI

ARMOIRE, SECRÉTAIRES, COMMODES, CONSOLES, PETITES TABLES, GUÉRIDONS
COIFFEUSES, ETC.

FAUTEUILS, BERGÈRES, CHAISE LONGUE, LITS DE REPOS

Signés pour la plupart des Maitres Ébénistes

DU XVIIIe SIÈCLE

ESTAMPES ANCIENNES

DE L'ÉCOLE FRANÇAISE DU XVIIIe SIÈCLE

IMPRIMÉES EN NOIR ET EN COULEURS

Par, ou d'après :

BAUDOUIN, BONNET, BOUCHER, DEBUCOURT, DE GOUY, DEMARTEAU, FREUDEBERG

J.-B. HUET, JANINET

LAWREINCE, MALLET, MOREAU LE JEUNE, ETC., ETC.

APPARTENANT A

M. JEAN PÉRIER, de l'Opéra-Comique

Et dont la Vente aux Enchères publiques aura lieu à Paris

HOTEL DROUOT, SALLE N° 11

LE SAMEDI 20 AVRIL 1912

A DEUX HEURES

COMMISSAIRE-PRISEUR	EXPERTS
Me F. LAIR-DUBREUIL	MM. PAULME & B. LASQUIN Fils
6, rue Favart	10, r. Chauchat | 11, r. Grange-Batelière

EXPOSITION PUBLIQUE

Le Vendredi 19 Avril 1912, de 1 heure 1/2 à 6 heures

CONDITIONS DE LA VENTE

Elle sera faite au comptant.

Les adjudicataires paieront *dix pour cent* en sus des enchères.

L'exposition mettant le public à même de se rendre compte de l'état et de la nature des objets, aucune réclamation ne sera admise une fois l'adjudication prononcée.

Paris. — Imp. de l'Art, CH. BERGER, 41, rue de la Victoire.

DÉSIGNATION

ESTAMPES DU XVIIIe SIÈCLE

EN NOIR ET EN COULEURS

BAUDOUIN (D'après P.-A.)

1 — *Le Coucher de la Mariée.*

540

Gravure en noir, par MOREAU LE JEUNE et SIMONET. Très belle épreuve. Bonne marge.

Cadre en baguettes Louis XVI, de bois sculpté et doré.

2 — *Jusque dans la moindre chose.*

100

Très belle épreuve, grande marge.

BONNET (L.)

3 — *Mademoiselle Adeline Colombe.*

160

— *Mademoiselle Desbrosses.*

Actrices de la Comédie italienne.

Deux petits portraits, de forme ronde, imprimés en couleurs, petite marge. Les titres découpés ont été collés au revers des cadres. Rares.

4 — *Tête dessinée par J.-B. Huet, peintre du Roi.*

152

Gravure à plusieurs crayons. Marge.

BONNET (L.)

5 — *Tête de Femme*, d'après BOUCHER.

> Gravure à la manière du pastel. Superbe épreuve. Marge.

6 — *Tête de Femme*, de profil à gauche, d'après BOUCHER.

> Gravure à plusieurs crayons.

7 — *La Laveuse*, d'après BOUCHER.

> Gravure à la sanguine, marge. Cadre en baguettes Louis XVI, bois sculpté peint.

8 — *Vénus et l'Amour*, d'après BOUCHER (?).

> Gravure à plusieurs crayons, dans la manière de BONNET.

9 — *Annette et Lubin*.

— *L'Heureux divorce*.

> Deux gravures imprimées en couleurs, faisant pendants, dans la manière de BONNET. Marge.

BOUCHER (D'après F.)

10 — *Le Plaisir de la pêche*, par BEAUVARLET.

> Bonne épreuve.

CHEVAUX (D'après)

11 — *La Bonne Nourrice*, par PITOU.

> Belle épreuve imprimée en couleurs, petite marge. Cadre ancien en bois doré.

CIPRIANI (D'après)

105

12 — *Vénus au bain*, par Bartolozzi.

> Belle épreuve imprimée en couleurs. Marge.

13 — *Ariane.*

— *Hébé.*

> Deux petites gravures ovales faisant pendants. Très belles épreuves imprimées en couleurs. Petite marge.

CIVIL (Chez)

14 — *L'Amant entreprenant.*

265

— *La Chercheuse de puce.*

> Deux gravures gracieuses faisant pendants, de forme ronde, imprimées en couleurs. Marge. Rares.

COIFFURES

15 — Deux petites gravures sur les coiffures et modes, provenant d'un almanach du xviiie siècle. Epreuves coloriées.

DEBUCOURT (P.-L.)

300

16 — *Les Courses du matin*, ou la porte d'un riche.

> Très belle épreuve coloriée. Grande marge.

17 — *La Promenade publique*, 1792.

1000

> La pièce capitale du maître.
> Superbe épreuve imprimée en couleurs. Sans marge et rognée en haut. Cadre en baguettes Louis XVI, de bois sculpté et doré.

DE·GOUY

18 — *Chu. .u...u*, d'après SCHALL.

> Réduction en petit ovale de l'estampe de CHAPON-
> NIER : *La Soubrette officieuse.*
> Superbe épreuve imprimée en couleurs.
> Cadre en cuivre.

19 — *La Même estampe.*

> Très belle épreuve imprimée en couleurs.

DEMARTEAU (G.)

20 — *Tête d'étude*, d'après BOUCHER (N° 149).

> Gravure en couleurs à plusieurs crayons.

21 — *Tête d'étude*, d'après BOUCHER (N° 151).

> Gravure en couleurs à plusieurs crayons.

22 — *Tête de Femme*, d'après BOUCHER (N° 155).

> Gravure en couleurs à plusieurs crayons.

23 — *Tête de Femme*, d'après BOUCHER (N° 187).

> Gravure en couleurs à plusieurs crayons.

24 — *Tête de Jeune Homme*, d'après BOUCHER (N° 188).

> Gravure en couleurs à plusieurs crayons.

25 — *Tête de Femme*, d'après BOUCHER (N° 250).

> Gravure en couleurs à plusieurs crayons.

DEMARTEAU (G.)

26 — *Sujets de Bacchanales.*

450

> Deux pendants, d'après Le Barbier l'aîné (N⁰ˢ 625-626). Deux gravures en couleurs à plusieurs crayons. Grande marge.

27 — *Vénus et l'Amour.*

170

— *Le Bain de Diane.*

> Deux gravures faisant pendants, en couleurs à plusieurs crayons. Découpées en ovale.

DUPLESSI-BERTAUX

28 — *La Bienfaisance ingénieuse.*

> Fait historique du 5 messidor an X-1802.
> Charmante petite gravure à l'eau-forte avec la légende. Marge.

FREUDEBERG (D'après S.)

29 — *La Promenade du soir*, par Ingouf.

> Très belle et rare épreuve, avec la *tablette blanche*. Remargée.

30 — *La Soirée d'hyver*, par Ingouf.

> Très belle et rare épreuve, avec la *tablette blanche*. Remargée.

GOUACHE (xviiiᵉ siècle)

31 — *La Pêche*, composition pastorale à trois per-

200

sonnages dans un paysage.

HUET (D'après J.-B.)

32 — *Pygmalion amoureux de sa statue, et pendant.*

Deux gravures faisant pendants gravées par L. Bonnet. Superbes épreuves imprimées en couleurs. Mon-
tées en dessin sur d'anciens glomis.

JANINET (F.)

33 — *Le Réveil de Vénus.*

— *Bacchante endormie.*

Deux petites gravures ovales faisant pendants, d'a-
près Charlier. Superbes épreuves imprimées en couleurs, la première avant la lettre portant seulement
gravés à la pointe sèche les noms des artistes. La
seconde est sans marge.

31 — *Bustes de Femmes.*

Deux petites pièces ovales faisant pendants sans
nom d'auteur. Belles épreuves imprimées en couleurs ;
marge. (Provient d'une feuille à cinq sujets.)

35 — *Portrait de Mlle du T...* (Duthé), d'après
Lemoine.

L'un des plus gracieux portraits de femmes gravés
au xviiie siècle. Superbe épreuve, *imprimée en couleurs*, probablement avant la lettre. Très rare.

KAUFFMANN (D'après Aug.)

36 — *Blind mans buff*, par Bartolozzi.

De forme ronde. Très belle épreuve imprimée en
couleurs. Marge.

LAWREINCE (D'après N.)

37 — *L'Assemblée au Concert.*

1.315

— *L'Assemblée au Salon.*

> Deux estampes faisant pendants, gravées par Deque-
> vauviller (E.-B., Nos 5-6).
> Superbes épreuves avec marge. Cadres en baguettes
> Louis XVI, de bois sculpté et doré.

335

38 — *Le Billet doux*, gravé par de Launay (E.-B.,
N° 10).

> Superbe épreuve avec marge.

210

39 — *Le Contretemps*, par Dequevauviller (E.-B.,
N° 15).

> Superbe épreuve; grande marge.

340

40 — *Le Lever des Ouvrières en modes*, par L.-C.
(E.-B., N° 36).

> Très belle et rare épreuve imprimée en couleurs.

505

Lévy

41 — *La Marchande à la toilette*, par Vidal (E.-B.,
N° 37).

> Superbe épreuve avec toute sa marge. Rare en aussi
> belle condition.

MALLET (D'après)

245

42 — *Chit, chit!*

— *Par ici.*

> Deux petites gravures faisant pendants, par Copia.
> Très belles épreuves en noir; marge.

MOREAU LE JEUNE (D'après)

43 — *La Dame du Palais de la Reine*, par Martini.

> Très belle épreuve du premier tirage. Avec les lettres A. P. D. R. Marge.

44 — *La Rencontre au Bois de Boulogne*, par Guttenberg.

> Très belle épreuve du premier tirage. Avec les lettres A. P. D. R. Marge.

PETIT

45 — *Les Colombes chéries*, d'après F. Boucher.

> Belle épreuve à la sanguine; marge. Cadre en baguettes Louis XVI, de bois sculpté et doré.

TURNER (C.)

46 — *Hébé*, d'après Huet-Villiers.

> Superbe épreuve imprimée en couleurs; grande marge.

VIGNETTE

47 — Illustration pour un ouvrage du XVIIIᵉ siècle.

> In-8° avec encadrement orné. Epreuve avant la lettre. Marge.

OBJETS VARIÉS

GLACES, PENDULES, ETC.

48 — Petite glace étroite en bois et pâte, peints et dorés. Époque Louis XVI.

49 — Deux petits miroirs, dans des cadres en bois sculpté doré, décor de feuillages et rocailles. Époque Louis XV.

50 — Commode de poupée, de forme contournée, en marqueterie à carrelages de bois de rose ; motifs et filets d'encadrement en citronnier et amarante. Elle est munie de trois tiroirs, et enrichie de bronzes. Époque Louis XV.

51 — Paire de flambeaux en argent, à tiges fuselées et bases ovales. Les binets sont supportés chacun par un cygne ; décor à frise de pampres de vignes, et larges feuilles à la base. Époque Empire.

52 — Pendule-cage en bronze ciselé, doré et marbre blanc. Le fronton, cintré à corniche moulurée, est supporté par quatre pilastres cannelés, enserrant le mouvement, posant sur une draperie, retenue par des cordelières qui s'attachent à deux rosaces, sur les pilastres. Il est couronné d'un vase enguirlandé, et agrémenté aux angles de graines feuillagées. Socle rectangulaire, orné d'une frise à jeux d'amours en bas-relief. Le cadran porte la marque : *Alexandre à Paris*. Fin du XVIIIe siècle.

SIÈGES ANCIENS

53 — Petit tabouret, forme rectangulaire, en bois mouluré sculpté et ciré ; décor de feuilles. Époque Louis XIV. Garni de damas rouge.

160

54 — Fauteuil, de forme mouvementée, en bois mouluré, à dossier cintré. Époque Louis XV. Il est garni de soie brochée à décor de bouquets de fleurettes et festons de feuillage sur fond blanc.

55 — Deux petits fauteuils, de forme mouventée, sur pieds élevés, en bois sculpté, mouluré et ciré. Décor de fleurs et feuillages. Époque Louis XV. Garniture de velours rouge ciselé, à fleurs.

355

56 — Fauteuil, de forme mouventée, en bois mouluré, sculpté et ciré, à décor de fleurs, feuillages et palme. Époque Louis XV. Garniture de velours rouge ciselé à fleurettes.

135

57 — Fauteuil, de forme mouvementée, en bois sculpté, mouluré, ciré, à dossier arrondi. Décor de fleurettes et feuillages. Époque Louis XV. Garniture de velours rouge ciselé à fleurettes.

160

58 — Fauteuil, de forme mouvementée, en bois mouluré, sculpté et ciré, à décor de fleurettes et feuillages à la ceinture du siège. Époque Louis XV. Garniture de soie brochée, à décor de fleurettes et feston de feuillages, sur fond crème.

59 — Banquette rectangulaire, de forme mouvemen-
tée, en bois sculpté, ciré, reposant sur six pieds.
Décor de feuillages et rocailles. Époque Louis XV.
Garniture de damas rouge.

170

60 — Banquette rectangulaire, de forme mouvementée, en bois mouluré, peint blanc. Époque
Louis XV. Garniture de velours rouge.

100

61 — Bergère, de forme contournée, en bois
sculpté. Décor de fleurs et feuillages. Elle porte
l'estampille de Meunier. Époque Louis XV,
Garniture de soie brochée à gerbes de fleurs, et
rayures vertes, roses et noires.

550

62 — Bergère, de forme mouvementée, en bois mouluré, sculpté et peint blanc; à dossier arrondi.
Décor de fleurettes. Estampille illisible. Époque
Louis XV. Garniture et coussin mobile en
velours rouge uni.

355

63 — Petit lit de repos, à deux accotoirs, en bois
sculpté reposant sur huit pieds. En partie du
temps de Louis XV. Il est garni de coussins en
velours rouge à rayures.

1.100

64 — Chaise longue, en deux parties, en bois
sculpté, mouluré. Décor de rosaces, millerais.
Pieds fuselés, cannelés. Époque Louis XVI.
Garniture de velours ciselé, à rayures jaune et
verte.

2.410

65 — Lit de repos en bois sculpté ciré, à accotoirs renversés. Décor de piastres et cannelures. Il repose sur six pieds cannelés en gaine. Époque Louis XVI. Garniture de coussins en imberline, à rayures rose et verte.

650

66 — Bergère en bois mouluré et sculpté, à dossier carré ; pieds fuselés et cannelés ; décor de fleurons feuillagés. Époque Louis XVI. Garniture et coussin mobile en velours, à petites rayures rouges et blanches.

220

67 — Deux bergères en bois mouluré, sculpté et ciré, à décor de fleurons. Pieds fuselés, à cannelures rudentées. Époque Louis XVI. Garniture et coussin mobile, en damas vert.

420

68 — Petite bergère en bois mouluré peint blanc. Pieds fuselés à cannelures rudentées. Époque Louis XVI. Garniture et coussin mobile en soie ancienne.

135

69 — Deux fauteuils en bois mouluré peint blanc, à dossier médaillon. Pieds fuselés et cannelés. Garniture de soie à rayures bleues, jaunes et blanches.

240

70 — Deux fauteuils en bois sculpté peint blanc, accotoirs à balustres et pieds fuselés et cannelés. Époque Louis XVI. Garniture de soie bleue brochée.

260

285 71 — Petit fauteuil de bureau en bois sculpté, ciré, accotoirs à crosse, et pieds fuselés. Il porte l'estampille de *P. Gérard*. Époque Louis XVI. Garniture de soie brochée. Guirlandes de fleurs et rayures fond rose.

300 72 — Bergère, de l'époque Louis XVI, à dossier arrondi, en bois sculpté ciré. Elle repose sur quatre pieds fuselés et cannelés. Estampille de *Falconet*. Garniture de soie, brochée à fleurs, ruban et larges rayures, cerises, roses et blanches.

125 73 — Chaise, à dossier-médaillon ovale, en bois sculpté ciré; décor d'enroulement de ruban. Pieds fuselés et cannelés. Garniture de soie jaune à rayures. Epoque Louis XVI.

1800 74 — Quatre fauteuils en bois sculpté ciré; décor à feuilles d'eau. Pieds fuselés et cannelés. Ils portent l'estampille de *Pluvinel*. Époque Louis XVI. Garniture de soie jaune à rayures.

260 75 — Bergère en bois mouluré, ciré. Époque Louis XV. Garniture et coussin mobile en soie jaune à rayures.

320 76 — Grand fauteuil en bois sculpté, ciré, à dossier-médaillon; décor d'enroulement de ruban sur baguette, fleurons; pieds fuselés à cannelures rudentées. Époque Louis XVI. Garniture de soie brochée à semis de branchages de roses fleuries et baguettes de bluets, sur fond crème.

300

77 — Bergère en bois sculpté, mouluré et ciré, à dossier arrondi ; décor d'enroulement de ruban sur baguettes, feuilles d'acanthe, rosaces ; pieds fuselés, cannelés et rudentés. Époque Louis XVI. Elle est garnie et munie d'un coussin mobile, en soie, à décor Pompadour.

350

78 — Bergère en bois sculpté, mouluré et ciré, à dossier arrondi ; décor d'enroulement de ruban sur baguette, piastres, perles, feuillages, rosaces ; pieds fuselés et cannelés. Époque Louis XVI. Elle est garnie et munie d'un coussin mobile de même étoffe que la précédente.

140

79 — Deux chaises cannées en bois mouluré, sculpté, peint blanc ; dossier-médaillon ; pieds cannelés en gaine. Époque Louis XVI.

80 — Fauteuil en bois mouluré, sculpté et ciré, à dossier carré ; pieds fuselés à cannelures rudentées. Époque Louis XVI. Garniture de velours jaune à petites rayures.

250

81 — Bergère en bois mouluré, sculpté et ciré, à dossier carré ; pieds fuselés, cannelés et rudentés. Époque Louis XVI. Elle est garnie et munie d'un coussin mobile en velours vert épinglé, à guirlandes et bouquets de fleurs.

500

82 — Quatre fauteuils en bois sculpté, mouluré et ciré, à pieds fuselés, à cannelures rudentées ; décor de rosaces et fleurons. Époque Louis XVI. Garniture de même étoffe que la bergère.

83 — Trois chaises en acajou, à dossier légèrement renversé. Époque Empire. Garniture de velours jaune.

MEUBLES ANCIENS
ET DE STYLE

84 — Commode en bois de placage, sur pieds élevés et cambrés avec léger ressaut sur le devant. Elle est munie de deux tiroirs. Dessus de marbre. Époque Louis XV.

800

85 — Petite coiffeuse, de forme galbée, en bois de placage, munie de tiroirs. Époque Louis XV.

195

86 — Petite encoignure, de forme mouvementée, à face légèrement bombée, en marqueterie de bois de couleurs. Elle ouvre à une porte décorée de branches feuillagées et fleuries. Le décor se répète dans deux compartiments réservés, sur chaque montant. Dessus de marbre. Époque Louis XV.

610

87 — Table à coiffer, de forme contournée, en marqueterie de bois de rose et de violette, munie de quatre tiroirs et tirette sur le devant. Elle repose sur quatre pieds cambrés. Époque Louis XV.

950

88 — Importante armoire en bois de rose, à compartiments encadrés de filets, grecques et médaillon en bois de violette et citronnier. Elle ouvre à deux portes et est munie d'un tiroir à sa partie inférieure, et de deux autres intérieurement. Fronton à corniche moulurée. Elle repose sur quatre petits pieds cambrés. On distingue une estampille illisible. Époque fin Louis XV.

89 — Commode, de forme droite, la partie centrale en légère saillie, à pieds cambrés, ouvrant à trois tiroirs, en marqueterie de bois de placage. Dessus de marbre gris. Commencement de l'époque Louis XVI.

90 — Petite table, de forme rectangulaire, en bois de placage. Elle est munie de deux tiroirs et repose sur quatre pieds-gaines. Dessus de marbre de couleur. Époque Louis XVI.

91 — Petite table, de forme ovale, en marqueterie de bois de rose, et filets. Elle ouvre à trois tiroirs et repose sur quatre pieds cambrés réunis par une tablette d'entrejambes. Dessus de marbre blanc, ceinturé d'une galerie en cuivre. Époque Louis XVI.

92 — Petite commode, de forme demi-lune, en marqueterie de bois de rose, violette et filets d'encadrement. Elle est munie de deux tiroirs et repose sur quatre pieds fuselés. Garniture

de bronzes ciselés et dorés. Dessus de marbre blanc. Époque Louis XVI.

93 — Petit bureau à cylindre en acajou, surmonté d'une petite vitrine à deux portes. Il est muni de deux tiroirs, et repose sur quatre pieds-gaines. Dessus de marbre blanc et galerie de cuivre. Époque Louis XVI.

94 — Petit secrétaire droit en acajou, il ouvre à abattant et quatre tiroirs. Orné de baguettes en cuivre, et de colonnes cannelées sur les côtés. Dessus de marbre blanc et galerie ajourée en cuivre. Époque Louis XVI.

95 — Bureau rectangulaire en acajou. Il repose sur quatre pieds fuselés et cannelés, et est muni de trois tiroirs. Dessus de basane. Époque Louis XVI.

96 — Table-bureau, de forme rectangulaire, en bois sculpté, peint blanc; pieds fuselés et cannelés; la ceinture est décorée d'une frise de canaux avec rosaces aux angles. Elle ouvre à deux tiroirs. Dessus de basane. Époque Louis XVI.

97 — Petit bureau plat étroit, de forme rectangulaire, en bois de placage. Il repose sur quatre pieds en gaine. Muni d'un tiroir sur la face principale et d'une tirette sur un côté. Il renferme un compartiment sur le dessus. Époque Louis XVI.

98 — Petit meuble de peintre, de forme rectangulaire, en acajou. Il repose sur quatre pieds en gaine, reliés par une tablette d'entrejambes en marbre blanc. Il est muni, sur la face, de deux tiroirs, d'une tirette à tablette de marbre. Dessus également en marbre blanc encastré, et ceinturé d'une moulure plate unie en cuivre. Époque Louis XVI.

99 — Petite console, de forme demi-lune, en bois de placage, reposant sur quatre pieds fuselés, réunis par une tablette d'entrejambes. Munie d'un tiroir de face à la ceinture. Dessus de marbre de couleur. Époque Louis XVI.

100 — Guéridon rond en acajou, reposant sur quatre pieds fuselés à cannelures incrustées de cuivre. Il est muni à la ceinture de deux tiroirs et deux tirettes. Dessus de marbre gris veiné, encastré et ceinturé d'une galerie ajourée en cuivre. Époque Louis XVI.

101 — Secrétaire droit, à abattant, tiroir et deux portes en marqueterie de bois de placage, à filets de bois de couleurs. Dessus de marbre. Époque Louis XVI.

102 — Console-servante, de forme demi-lune, en acajou, à quatre pieds fuselés et cannelés, réunis par deux tablettes d'entrejambes. Elle est munie de trois portes. Dessus de marbre blanc. Époque Louis XVI.

103 — Console rectangulaire en bois sculpté ciré, reposant sur quatre pieds fuselés et cannelés. La ceinture est décorée d'une frise, de rinceaux feuillagés interrompus, dans les milieux, par un culot de feuillage et vases enflammés. Feuilles d'acanthe aux angles. Encadrement de rais-de-cœur. Dessus de marbre portor. Époque Louis XVI.

104 — Meuble d'entre-deux, à côtés cintrés, en acajou. Il ouvre à une porte et repose sur quatre pieds carrés cannelés, en gaine. Dessus de marbre blanc. Époque Louis XVI.

105 — Guéridon rond, en acajou, reposant sur quatre pieds fuselés et cannelés, muni de deux tiroirs et deux tirettes, à la ceinture. Dessus de marbre brèche d'Alep, encastré et ceinturé d'une galerie ajourée en cuivre. Époque Louis XVI.

106 — Petite table, forme rognon, en acajou. Dessus de marbre et galerie de cuivre. Époque Louis XVI.

107 — Console demi-lune en acajou, reposant sur trois pieds-gaines. Époque Louis XVI.

108 — Petit guéridon en acajou, reposant sur trois pieds et muni d'une tirette et d'un tiroir à la ceinture. Commencement du XIXᵉ siècle.

109 — Support en bois de placage, de forme ovale,
reposant sur quatre pieds cambrés à griffes
réunis par une tablette d'entrejambes ; décor de
cordelières avec glands en marqueterie. Dessus
de marbre jaune encastré. Epoque Empire.

110 — Petit support bas en bois, à plateau circu-
laire sur tige mobile et pied tripode. Décoré
sur le dessus d'un médaillon en marqueterie à
fleurs.

111 — Table rectangulaire en noyer ciré, à pieds
tors ajourés et croisillon.

112 — Meuble à deux corps, la partie supérieure
formant vitrine, et la partie inférieure ouvrant à
deux portes ; en marqueterie de bois de couleurs.
Décor de vases fleuris et rinceaux de feuillages,
dans des encadrements de festons de fleurs.
Ancien travail hollandais.

113 — Petite encoignure en bois de placage, de
forme droite, ouvrant à une porte. Garniture de
bronzes. Dessus de marbre brèche d'Alep. Style
Louis XVI.